"Encantador... Não apenas para crianças, esta série é *obrigatória* a todos os educadores, aos pais e aos cuidadores que desejam ajudar jovens a encerrar ciclos de crueldade."

— **Barbara Coloroso,** autora *best-seller* de *The Bully, the Bullied and the Bystander*

"Eu amo esta série. As crianças, com certeza, vão ter empatia pelos personagens e reconhecer seu próprio poder para impedir o *bullying*."

— **Dra. Michele Borba,** especialista em crianças, internacionalmente reconhecida, e autora do *The Big Book of Parenting Solutions*

"Os personagens bem-desenhados têm problemas reais com... soluções críveis. Esta [série] deveria estar presente em cada biblioteca escolar."

— **Kirkus**

"Os livros funcionam como títulos separados, mas são muito mais eficientes quando utilizados em conjunto para criar uma visão completa de como os personagens principais estão se sentindo e também dos outros eventos que ajudam a definir seus papéis."

— **School Library Journal**

"Uma excelente ferramenta para ensinar aos jovens em período escolar boas técnicas de saúde mental e também como eles podem sobreviver ao *bullying*, superando-o."

— **Children's Bookwatch, Reviewer's Choice**

"Uma ótima maneira de iniciar debates."

— **Booklist**

"Incrivelmente esclarecedor... Um item essencial para educadores."

— **Imagination Soup**

Dados Internacionais de Catalogação na Publicação (CIP)
(Câmara Brasileira do Livro, SP, Brasil)

Frankel, Erin
  Durona! : uma história sobre como lidar com o bullying nas escolas / por Erin Frankel ; [ilustrado por Paula Heaphy ; tradução Antonio Tadeu, Helcio de Carvalho.] -- 1. ed. -- São Paulo : Mythos Books, 2018.

  Título original: Tough!
  ISBN 978-85-7867-380-2

  1. Bullying - Literatura juvenil 2. Bullying nas escolas 3. Conflito interpessoal I. Heaphy, Paula. II. Tadeu, Antonio. III. Carvalho, Helcio de. IV. Título.

18-19529   CDD-028.5

Índices para catálogo sistemático:

1. Bullying : Literatura juvenil   028.5

Iolanda Rodrigues Biode - Bibliotecária - CRB-8/10014

DuRona!

Uma história sobre como lidar com o *bullying* nas escolas

por Erin Frankel
ilustrado por Paula Heaphy

Agradecimentos

Nossos agradecimentos calorosos à Judy Galbraith, à Meg Bratsch, ao Steven Hauge, à Michelle Lee Lagerroos e à Margie Lisovskis, da editora Free Spirit, pelo conhecimento, suporte e dedicação por tornar o mundo um lugar melhor para os jovens. Nossa especial gratidão à Kelsey, à Sofia e à Gabriela, pelo entusiasmo e pelas ideias, durante a criação deste livro. Nosso muito obrigado a Naomi Drew, pela ajuda com seus comentários. Obrigada também ao Alvaro, ao Thomas, à Ann, ao Paul, ao Ros, à Beth e a toda nossa família e aos amigos, pelos *insights* criativos e pelo encorajamento.

DURONA!

Erin Frankel
ROTEIRO

Paula Heaphy
ILUSTRAÇÕES

MYTHOS EDITORA LTDA.
Diretor Executivo Helcio de Carvalho **Diretor Financeiro** Dorival Vitor Lopes
REDAÇÃO:
Editor Antonio Tadeu **Co-Editor** Nilson Farinha **Coordenador de Produção** Ailton Alípio
Tradução Antonio Tadeu e Helcio de Carvalho **Revisão** Dagmar Baisigui

DURONA! é uma publicação licenciada pela Mythos Books, um selo da Mythos Editora Ltda. Redação e administração: Av. São Gualter, 1296, São Paulo, SP, Brasil, CEP 05455-002. Fone/fax: (11) 3024-7707. Data da primeira edição: novembro de 2018. Todos os direitos reservados. Originalmente publicado nos Estados Unidos por Free Spirit Publishing Inc., Minneapolis, Minnesota, U.S.A., http://www.freespirit.com, sob o seguinte título *Tough!* © 2013, 2018 por Erin Frankel e Paula Heaphy. Direitos Reservados. © Mythos Editora 2018. Todos os direitos reservados.

Copyright © 2018 by Erin Frankel/Paula Heaphy
Original edition published in 2013 by Free Spirit Publishing Inc., Minneapolis, Minnesota, U.S.A., http://www.freespirit.com under the title: *Tough!* All rights reserved under International and Pan-American Copyright Conventions.

Personagens, nomes, eventos e locais presentes nesta publicação são inteiramente fictícios. Qualquer semelhança com a realidade é mera coincidência. É proibida a reprodução total ou parcial desta obra, em mídias tanto impressas quanto eletrônicas, sem a permissão expressa e escrita da Free Spirit Publishing e a dos editores brasileiros, exceto para fins de resenha.

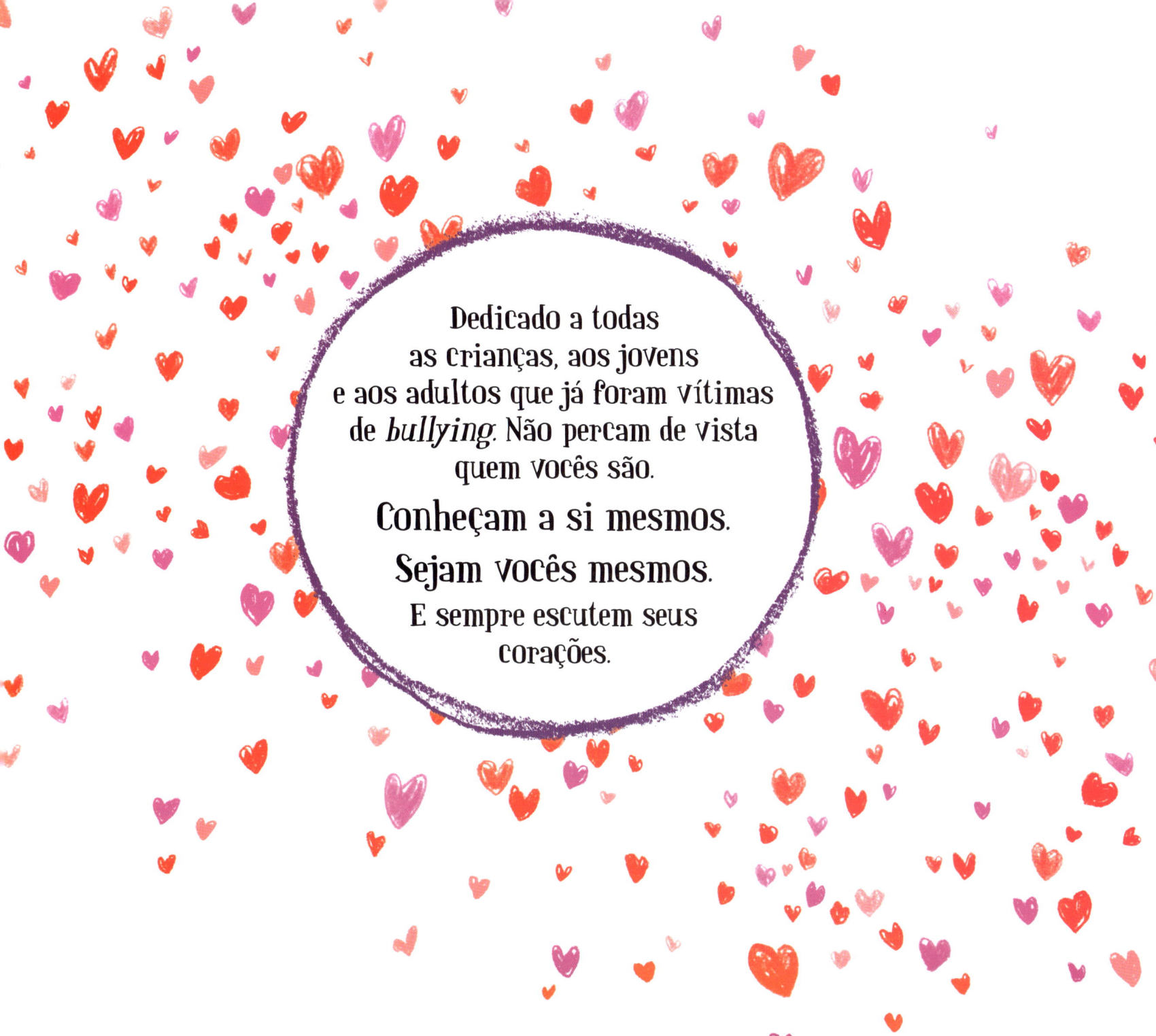

O que você tá olhando? A esquisita *não* sou eu. Meu nome é Sam. Eu sou

Ela age esquisito.

Ela fala esquisito.

"¿Qué pasa, Luísa?"

"Nada, Papa."

Alguém tem de dizer isso para ela: eu.

Controlar as coisas na escola é **DUREZA**, mas eu sou muito boa nisso. Tenho **muita** prática.

Tem gente que não gosta muito do meu jeito porque **eu** sou **DuROnA!**

"**Eu** digo como a gente vai jogar!"

Por aqui, quem manda sou eu.
Ninguém se atreve a me dizer não.

"Jayla, diga pra Luísa que eu acho a bota dela muito esquisita."

E daí que eu sou **DURONA** com a Luísa? Tudo é fácil pra ela. A tonta sempre tem resposta pra tudo, tá sempre com as amigas, tá sempre **sorrindo**.

Quer dizer, ela tava sempre sorrindo.

A verdade é que eu também não tenho muito motivo pra sorrir.
As coisas tão ficando uma **DUREZA** por aqui.

As pessoas não fazem mais o que eu mando.

Eu não sou má.
Sou só

DuRona!

Claro que eu sempre posso encontrar **alguém** pra pegar no pé se eu quiser fazer esse tipo de violência...

...Mas é muito melhor ter amigos!

Eu descobri uma coisa **muuuito incrível,** sabe?

Quando mostro pras pessoas que me importo com elas, nem que seja só um pouquinho, elas também mostram que se importam comigo. Isso não é demais? Sabe duma coisa? Eu cansei de ser...

ond!

Anotações da Sam

Não é nada fácil a gente mudar nosso comportamento, mas ser durona o tempo todo é mais difícil ainda. Algumas coisas que eu aprendi:

Descontar minha raiva nos outros só me deixava com mais raiva ainda.

Um grande descontrole era o que eu sentia antes de alguém me ajudar.

Receber carinho de amigos verdadeiros é muito melhor que ser durona.

Outras pessoas além de mim têm o direito de ser bem tratadas.

Não deixar minha raiva me afetar, nem aos outros faz todo mundo se sentir melhor.

A menos que eu mude meu comportamento, vou continuar machucando a mim e aos outros também.

Anotações da Luísa

Estou feliz que a Sam resolveu mudar de atitude. Não importa o que as pessoas possam dizer, eu sei que não sou esquisita. Aqui estão algumas coisas que aprendi sendo alvo de *bullying*:

Essas pessoas que sofrem *bullying* precisam de alguém ao lado delas.

Quando todo mundo se une para ajudar, as coisas ficam melhores.

Isso ajudou Sam a mudar seu comportamento, a entender que ninguém gostava do jeito como ela agia.

Irritar os outros também significa que você está irritado.

Também penso que todas as pessoas devam ser tratadas com gentileza, inclusive a Sam.

Anotações da Jayla

Eu descobri que as coisas ficaram mais difíceis quando não defendi nem a Luísa, nem eu mesma. Agora já me sinto bem com as escolhas que tenho feito. Aqui estão algumas coisas que aprendi:

Decidir fazer o que eu sabia que era certo precisou de coragem.

Sair em defesa da Luísa e ser amiga dela foi uma ótima escolha.

Ficar ajudando a Sam quando ela fazia *bullying* com a Luísa significava que eu também estava fazendo *bullying*.

O fim do *bullying* é responsabilidade de cada um: todos temos o poder de ajudar a terminar com isso.

Entre para o Clube de Gentilezas da Sam

Ser durona não apagava a tristeza que eu sentia quando as pessoas me tratavam mal. E não me ajudou a fazer amigos porque todos tinham medo de mim. Quando comecei a mostrar que me importo com os outros, tudo começou a mudar pra melhor.

Eu vejo as palavras como se fossem notas no meu violão. Tento escolher aquelas que vão fazer os outros a se sentirem bem. Quer me ajudar? Coloque seus dedos só nas notas de gentileza pra eu tocar os acordes certos.

Uau, o som é muito legal! Não esqueça: quanto mais pratica, melhor você fica.

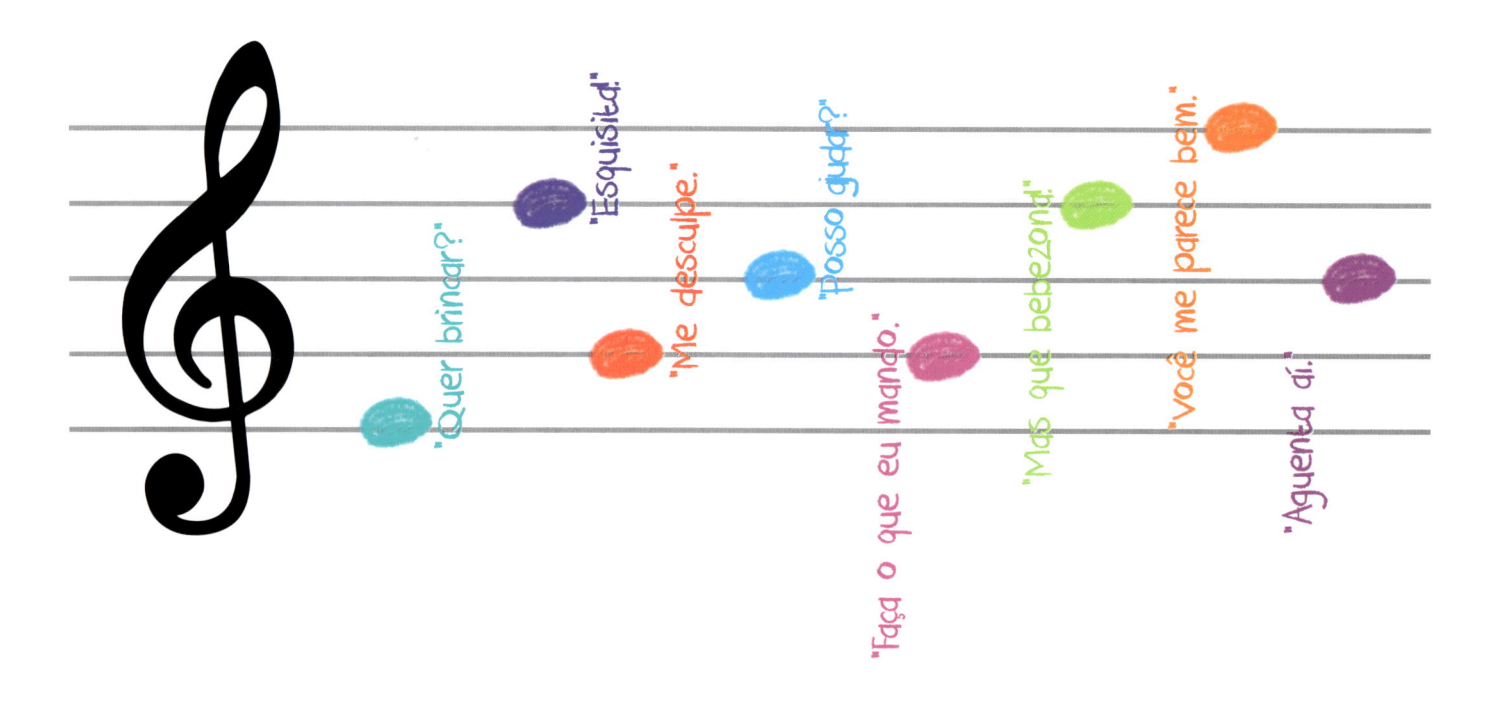

Clube de Gentilezas: Desenhar para ajudar

Escrever meus pensamentos me ajuda a ver melhor como minhas palavras e minhas ações afetam os outros. O Sr. C. chama essa atividade de "reflexão". Ele disse que desenhar minhas reflexões me ajudaria a entender o que está acontecendo. Se você puder me dar uma força, eu agradeço! Pegue uma folha de papel, e vamos começar:

1. Desenhe linhas para dividir a folha em quatro partes iguais. Escreva no topo: "Desenhar para ajudar".

2. Escreva estas perguntas em cada uma das partes: "O que eu fiz?", "O que esperava conseguir?", "O que aconteceu quando fiz isso?" e "Como posso conseguir o que eu quero, sem magoar os outros?".

3. Agora releia minha história enquanto pensa nessas perguntas.

4. Finalmente, desenhe figuras em cada uma das partes para ilustrar as perguntas.

Obrigada por me ajudar a visualizar o que acontece quando faço *bullying*. Você está contente com o jeito como age em relação aos outros? Tente fazer seu próprio "Desenhar para ajudar" e compartilhe com alguém em quem você confia.

Clube de Gentilezas: Agir com bondade

Como eu achava que ninguém ligava para os meus sentimentos, resolvi não ligar para o sentimento dos outros também. Mas então descobri que as pessoas se importam com outras pessoas, e eu também quero ser assim. Cansei de ser durona. Agora pretendo agir com bondade. Você pode me ajudar a enfeitar meu violão com adesivos?

1. Recorte um papelão na forma de violão. Cole seis fios de linha no papelão com fita adesiva: eles serão as cordas.

2. Recorte vários corações numa folha de papel. Eles serão os adesivos.

3. No centro de cada coração, escreva palavras que descrevam o que acontece quando você age com bondade. Exemplos: Eu respeito os outros. Eu me sinto feliz. Eu faço amigos. Não gosto de ficar sozinha.

4. Passe cola na parte de trás dos corações e cole no violão.

5. Faça de conta que está tocando seu violão ou guarde-o no quarto. Você também pode ensinar um amigo ou uma amiga a fazer um igual.

Você consegue pensar em outras atividades para o nosso Clube de Gentilezas? Compartilhe com seus colegas de classe e com seus amigos. Todo mundo adora ficar perto de quem é gentil!

Um recado para os pais, para os professores e para os adultos solidários

Todo dia, milhões de crianças são submetidas a *bullying* nas formas de palavrões, de ameaças, de xingamentos, de menosprezo, de provocações, de fofocas e de insultos raciais — e muitas outras presenciam isso. O *bullying* verbal, que pode começar até mesmo na pré-escola, constitui 70% dos abusos reportados e, com frequência, é o primeiro passo para outros tipos de agressão, inclusive física, relacional e *bullying* online. Sendo adultos solidários, como podemos ajudar as crianças a se sentirem seguras, respeitadas e confiantes sobre quem são, e a se imporem ao *bullying* quando presenciá-lo? Podemos começar responsabilizando a criança que pratica o *bullying* e, ao mesmo tempo, servir como exemplo para ela, encorajando-a para as escolhas positivas. Às crianças que são alvo de *bullying*, nós podemos oferecer ferramentas para que pensem de modo positivo e desenvolvam autoconfiança. Aquelas que ficam assistindo a esse tipo de violência podem ser levadas a explorar maneiras seguras e efetivas de defender quem está sofrendo o *bullying*. E, por meio de histórias como *Durona!,* nós podemos ajudar as crianças a desenvolver consciência e habilidades de análise que ajudem a se prevenirem contra a prática do *bullying* e a mudarem esse comportamento. Nós podemos ajudar crianças como Sam a entender que, ao ferir os outros, elas também estarão ferindo a si mesmas, e que gentileza gera gentileza. É possível explorar estratégias práticas para a criança agir com base no que ela sabe ser correto, ao mesmo tempo em que podemos prover um ambiente de confiança para apoiar seus esforços.

Perguntas sobre *Durona!*

A história contada em *Durona!* ilustra uma situação fictícia, mas com a qual muitas crianças irão identificar-se, mesmo que suas experiências tenham sido diferentes. A seguir, estão algumas perguntas e atividades para encorajar a reflexão e o diálogo sobre o que foi visto no livro. Fazer referência aos personagens principais, usando seus nomes, pode ajudar a criança a criar ligações: Jayla é quem fica assistindo ao *bullying*, Sam é quem o pratica e Luísa é o alvo dele.

Importante: **Bullying Online (também chamado de *cyberbullying*) é uma ameaça real entre crianças do ensino fundamental, dado o crescente uso de smartphones e de computadores, tanto na escola como em casa. Também é o tipo mais difícil de *bullying* para ser contido, já que é menos aparente. Tenha certeza de incluir *cyberbullying* em todas as suas discussões sobre o tema com as crianças.**

Página 1: O que você achou do jeito como a Sam se apresentou?

Páginas 2-3: O que a Sam escreveu e disse sobre a Luísa? Como você se sente quando alguém escreve ou fala coisas feias sobre você?

Páginas 4-7: Como a Sam "pratica" *bullying*? Você já viu *bullying* na TV ou em filmes? Como isso faz você se sentir? Como é a relação da Sam com o irmão dela, Alex? Como você acha que isso afeta o comportamento da Sam na escola? *(Observação: as crianças fazem bullying por muitas razões. Os motivos são, geralmente, complexos e nada fáceis de ser explicados, tendo origem nas relações familiares, nas imagens na mídia ou na pressão de amigos. Entretanto, falar sobre essas coisas ajuda a criança a entender o que pode contribuir para o comportamento de quem faz bullying.)*

Páginas 8-9: Por que a Sam pensa que as pessoas precisam ser duronas? Você acha que dizer ou escrever algo cruel pode ser considerado "só uma piada"? Por que você acha que a Sam se juntou aos garotos para fazer *bullying* com a Emily (a garota do violino)? Você já sentiu alguma pressão para fazer *bullying* com alguém? Qual foi sua reação?

Páginas 10-11: O que a Sam desafiou Jayla a fazer na página 11? Por que você acha que a Jayla fez o que a Sam mandou?

Páginas 12-17: O que a Sam sente sobre a maneira como trata Luísa? Que mudanças acontecem ao redor da Sam? O que Sam pensa sobre essas mudanças?

Páginas 18-19: Você acha que a Sam está sendo má? Ela quer que os outros pensem que ela é má? Por quê?

Páginas 20-27: Quem ajuda a Sam a mudar seu comportamento? Como a Sam mostrou que está fazendo mudanças positivas? O que ela percebe em relação à Emily?

Páginas 28-31: O que a Sam descobre? Você acha que ela vai continuar fazendo *bullying* com os outros?

Geral: Com qual personagem de *Durona!* você se parece mais? O que gostaria de dizer para esse personagem?

Questões para discussão adicional, atividades e sugestões sobre a série *Esquisita!* estão disponíveis para educadores no **Guia de Leitura,** que pode ser baixado no site *esquisita-aserie.com.br*

Esquisita!, a série

A série de livros *Esquisita!* oferece ao leitor a oportunidade de explorar três perspectivas diferentes sobre *bullying:* a visão da vítima, no volume *Esquisita!;* a de quem observa o *bullying,* no volume *Desafio!;* e a da criança que pratica o *bullying,* no volume *Durona!*. Cada livro pode ser empregado de modo independente ou junto com os demais, criando uma conscientização maior sobre o tema. Envolver as crianças em discussões sobre *bullying* ajuda na prevenção dele. Se você estiver fazendo uso da série completa, considere realizar as atividades a seguir com os jovens leitores:

Atividade: Reação em cadeia

Discuta com as crianças como acontecem reações em cada uma das histórias. Encontre exemplos de reações negativas em cadeia, então ressalte as reações positivas em cadeia que começaram quando as personagens fizeram escolhas melhores. Por exemplo, quando Luísa desistiu das coisas que a faziam sentir-se especial, como sua bota de bolinhas, Sam sentiu-se poderosa e continuou fazendo *bullying* com ela. Mas, quando Luísa fez a escolha de agir com confiança e de ser ela mesma, Sam sentiu-se menos poderosa e recuou. Ajude as crianças a identificar essas escolhas, em termos simples, e a escrevê-las em tiras de papel. Dê exemplos de reações positivas em cadeia: "agir com confiança"; "ser amigável"; "contar para o professor"; "dizer algo gentil". Peça para as crianças fazerem elos para uma corrente de papel com suas escolhas positivas como um lembrete de que boas escolhas podem iniciar uma reação em cadeia que ajudará a deter o *bullying*. As crianças podem pendurar suas correntes na escola ou em casa.

Atividade de série: Contar para ajudar

Discuta com as crianças sobre como contar uma situação para os adultos e obter ajuda para si mesmo ou para outra pessoa. Isso é uma das coisas mais importantes para acabar com o *bullying*. Encontre exemplos, em *Esquisita!, Desafio!* e *Durona!,* que mostrem como os personagens conseguiram ajuda ao conversar com um adulto, como fizeram Jayla e Will, quando contaram para o Sr. C. sobre o *bullying* da Sam na página 14, no livro *Durona!*. Peça às crianças para desenharem uma dessas cenas e para escreverem "Contar para ajudar" no topo do desenho. Faça com que as crianças mostrem seus desenhos para a classe e expliquem por que acreditam que contar as ajudou.

Contar x Fofocar

Explique para as crianças a importante diferença que existe entre fofocar sobre algo pequeno (como cutucar o nariz ou furar uma fila) e contar para um adulto quando alguém precisa de ajuda. Pense nisto: "Se você estivesse sofrendo *bullying,* não iria querer que alguém ajudasse você?"

Atividade de série: Interpretação de texto

Organizadas em pequenos grupos, peça para as crianças recontarem *Esquisita!, Desafio!* e *Durona!* sob a perspectiva de cada personagem principal. As crianças se revezam em turnos, contando a história até o fim.

Atividade: O que vem a seguir?

Esquisita!, Desafio! e *Durona!*... O que vem a seguir? Peça para as crianças imaginarem o que acontece com os personagens no próximo livro. Encoraje-as a falar sobre os personagens principais: Luísa, Jayla e Sam, bem como sobre os coadjuvantes: Emily, Thomas, Patrick, Will, Sr. C. e Alex. Então motive as crianças a criar e apresentar o título e o enredo de seu próprio livro.

Sobre a autora e a ilustradora

Erin Frankel tem mestrado em estudo de Inglês e é apaixonada por competências parentais, por educação e por escrever. Ela ensinou Inglês em Madrid, na Espanha, antes de se mudar para Pittsburgh, com seu marido Alvaro e as três filhas, Gabriela, Sofia e Kelsey. Erin sabe, por experiência própria, o que é sofrer *bullying* e espera que sua história ajude as crianças a ser conscientes e a acabar com o *bullying*. Ela e Paula Heaphy, sua amiga de longa data, acreditam no poder da gentileza e sentem-se agradecidas de poder divulgar essa mensagem por meio destes livros. Em seu tempo livre, Erin, com sua família e com sua cachorra Bella, costuma fazer trilhas pela floresta e adora escrever sempre que possível.

Paula Heaphy é uma designer têxtil na indústria da moda. Ela gosta de explorar todos os meios artísticos, desde vidraçaria até confecção de sapatos, mas sua mais recente paixão é desenhar. Ela abraçou a chance de ilustrar histórias de sua amiga Erin, também por ter sofrido *bullying* quando criança. Conforme a personagem Luísa foi ganhando vida no papel, Paula sentiu seu caminho na vida mudar de rumo. Ela mora no Brooklyn, em Nova York, onde espera usar sua criatividade para iluminar o coração das crianças por muitos e muitos anos.

Esquisita!, a série

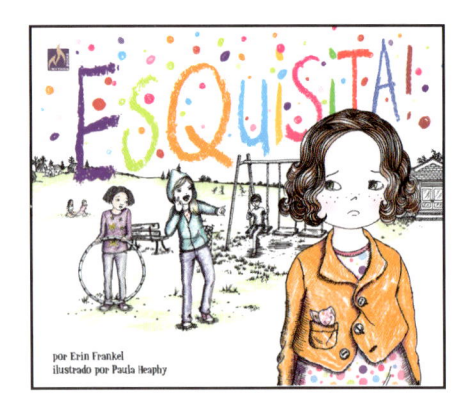

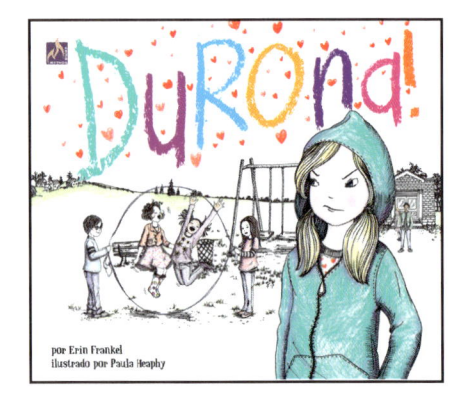

Escritos por Erin Frankel, ilustrados por Paula Heaphy.
48 páginas.

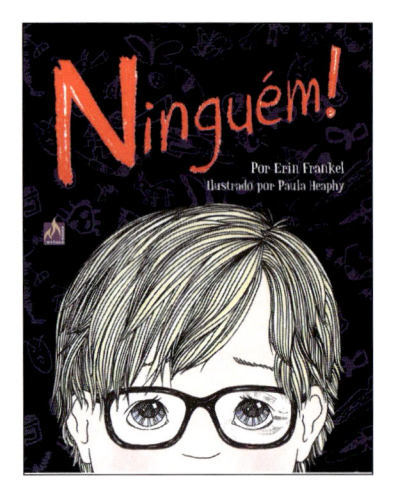

Grátis para download **Guia de Leitura**, disponível em *esquisita-aserie.com.br*